EDITION PASTORPLATZ

„Geht ab wie Schmitz' Katze" wird herausgegeben von der **Edition Pastorplatz**
(Mele Brink & Bernd Held GbR · Luisenstraße 52 · 52070 Aachen)
www.editionpastorplatz.de
www.facebook.com/edition.pastorplatz
www.twitter.com/ed_pastorplatz
Editionsnummer: 21 (Oktober 2017)
ISBN 978-3-943833-21-8
2. Auflage (Februar 2020)
Idee + Text: Frauke Angel
Zeichnungen: Stephanie Brittnacher
Layout + Umsetzung: Bernd Held
Lektorat + Korrektorat: Angelika Lenz, Steinheim an der Murr

Druck: Jettenberger Internationale Druckagentur
Gedruckt auf 140-g-Offsetpapier (FSC®-zertifiziert),
Umschlag auf 135-g-Bilderdruckpapier (FSC®-zertifiziert).

MIX
Papier aus verantwortungsvollen Quellen
FSC www.fsc.org FSC® C014138

Bibliografische Information der Deutschen Nationalbibliothek: Die Deutsche Nationalbibliothek verzeichnet diese Publikation in der Deutschen Nationalbibliografie; detaillierte bibliografische Daten sind im Internet über http://dnb.dnb.de abrufbar.

Frauke Angel
Stephanie Brittnacher

Geht ab wie Schmitz' Katze

EINS

Alles fing damit an, dass Schmitz' Katze zum Frühstück in die Küche gekotzt hat.
Schmitz' Katze ist unsere Katze.
Und nur Schmitz, das sind jeden Morgen wir:
Mama schmiert die Schnitten.
Papa schlürft Kaffee und hat schlechte Laune.
Die Zwillinge schreien, weil sie auch schlechte Laune haben, aber noch nichts zum Schlürfen.
Und ich.

Ich habe keine schlechte Laune.
Deshalb will ich weg, bevor es losgehen kann mit der schlechten Laune.
Leise schleiche ich mich zur Küchentür.
Aber heute klappt das nicht.
Weil ich nämlich ausnahmsweise Pantoffeln anhabe.
Diese Dinger sind wirklich zu nichts zu gebrauchen!
Papa sieht das anders.
Er hört auf zu schlürfen und stöhnt, ohne hinzusehen:
„Junge, zieh dir Pantoffeln an!"

Widersprechen hat keinen Sinn.

Jedenfalls nicht morgens. Da hat Papa noch keine Nerven.

Auch nicht abends. Da hat Papa keine Nerven mehr.

Manchmal versuche ich es sonntagnachmittags.

Aber meistens schläft Papa dann.

Denn das ist gut für seine Nerven.

Meistens hat Papa auch recht und ich habe wirklich keine Pantoffeln an.

Aber heute eben doch.

Mama weiß das. Sie sieht die Dinger, weil sie neben meinen Pantoffeln auf dem Küchenboden kniet. Mama ist nämlich gerade dabei, die Kotze von Schmitz' Katze wegzuwischen.

Und dann wird ihr selber schlecht.

So jedenfalls erklärt Papa das abends der Oma.

Das, was heute Morgen in unserer Küche passiert ist.

Aber bis dahin ist noch sehr viel Zeit.

Zeit, in der Mama abgeht wie Schmitz' Katze.

Das ist ein Spruch.

Den sagt man, wenn jemand durchdreht.

Wenn jemand die Wände hochgeht.

Wenn jemand die Nerven verliert.

Dachte ich.

Aber Oma meint, „geht ab wie Schmitz’ Katze“ bedeutet nur, dass etwas sehr schnell geht.

Und da hat Oma recht.

Mama ist irre schnell!

Ich kann gerade noch in Deckung gehen.

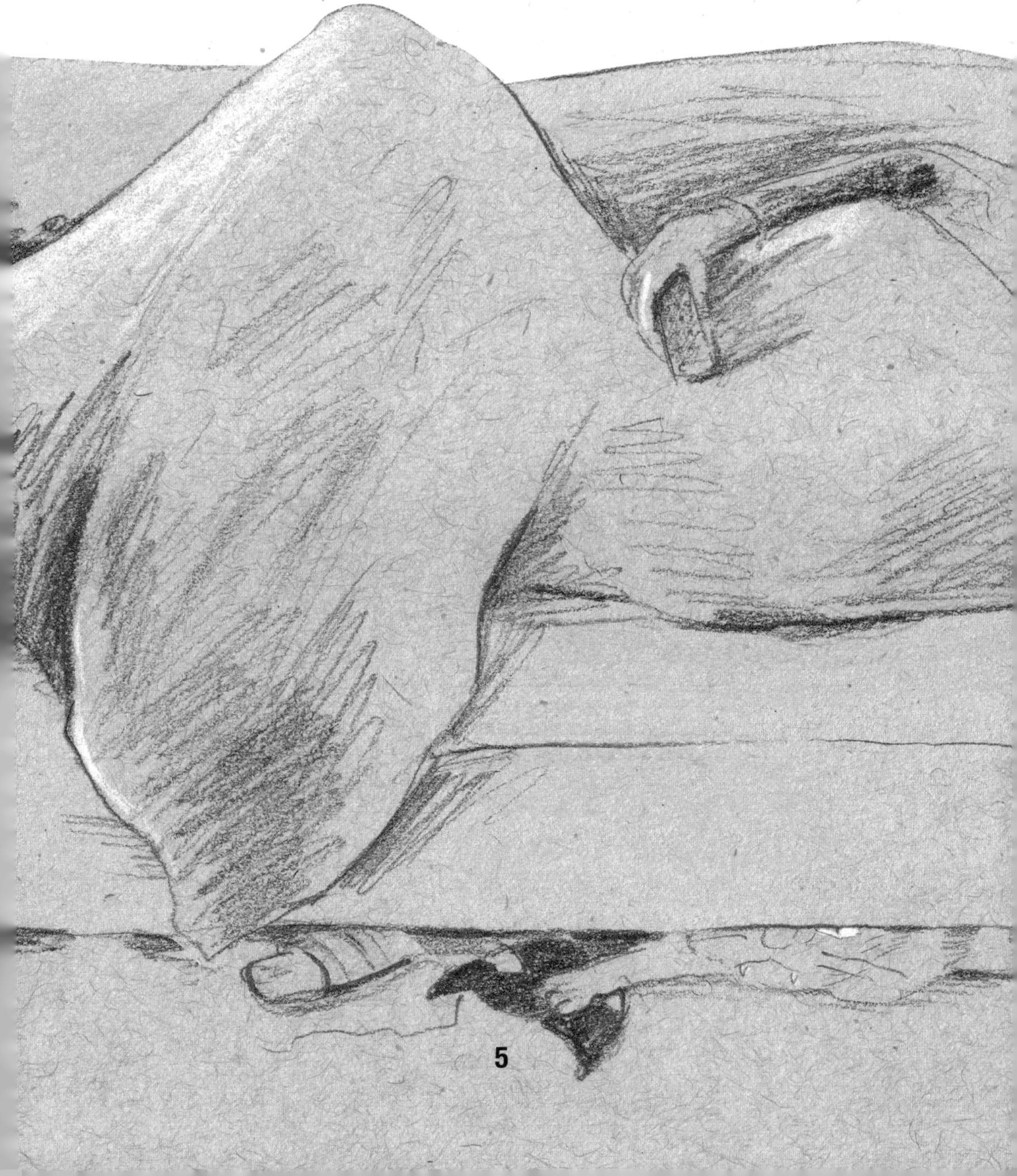

Zuerst wirft Mama den Lappen mit der Katzenkotze nach Papa.

Papa hört auf zu schlürfen.

Dann manscht Mama die Schnitten zusammen wie Schneebälle.

Die Schnitten-Schneebälle feuert sie nach den Zwillingen.

Die Zwillinge hören auf zu heulen.

Für einen Moment ist es ganz still in unserer Küche.

Dann maunzt Schmitz' Katze und macht

einen Buckel.

Und Mama fährt ihre Krallen aus.

Wow!

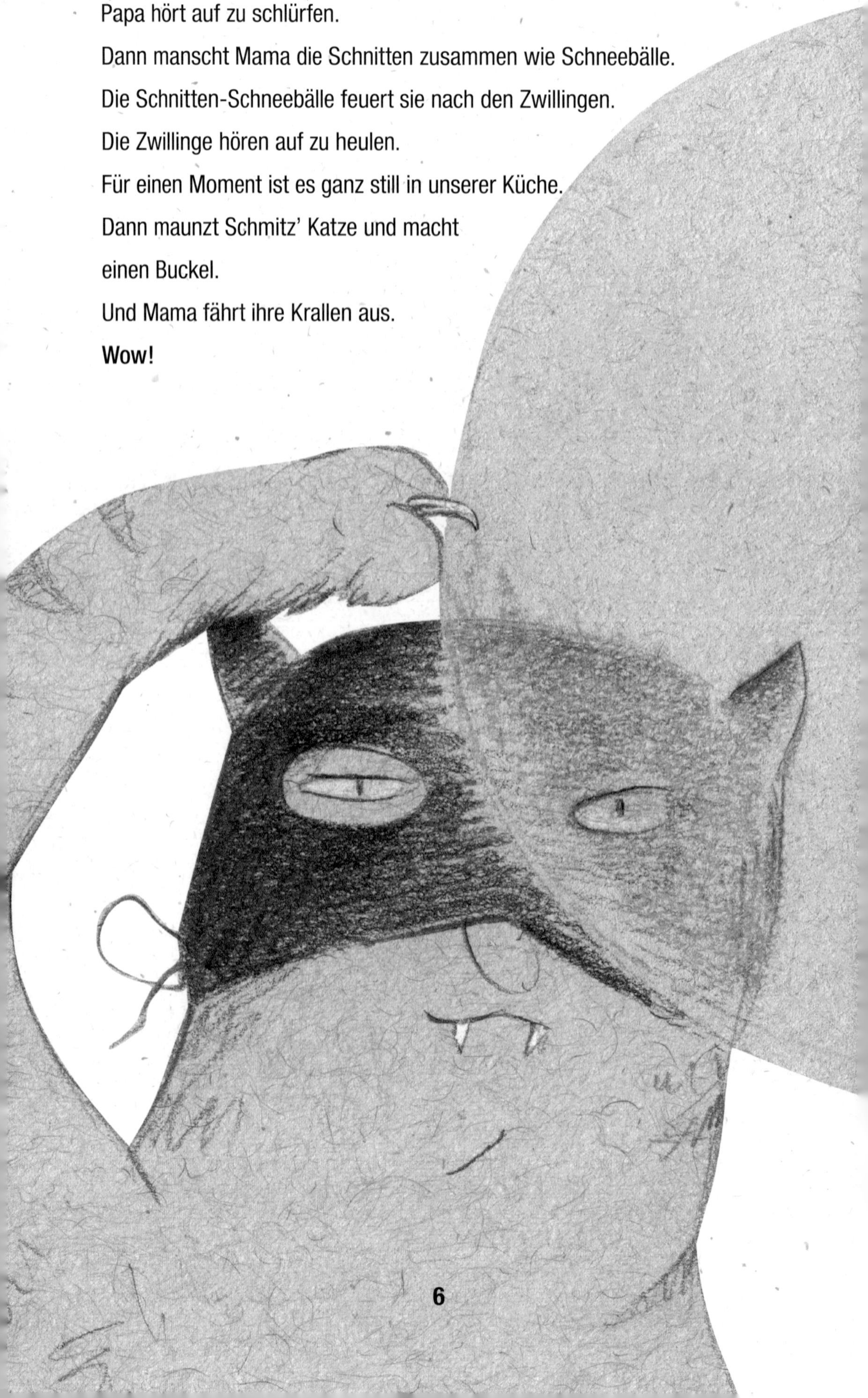

Ich wusste nicht, dass Mama Krallen hat.

Zuerst holt sie ein paar Mal tief Luft, so als würde sie einen Ballon aufpusten. Mamas Busen geht hoch und runter und ich hab Angst, dass der Ballon platzt. Macht er aber nicht. Er lässt nur einen einzigen Ton raus.

Der Ton ist dafür sehr lang. Und er tut ziemlich weh in meinen Ohren und bestimmt auch in Mamas Hals.

Dann röchelt Mama und der Ballon schrumpelt wieder zusammen.

Danach versucht die verschrumpelte Mama, neue Schnitten für uns zu schmieren.

Aber das geht irgendwie nicht. Mamas Luft ist raus.

Keiner traut sich, zu ihr zu gehen.

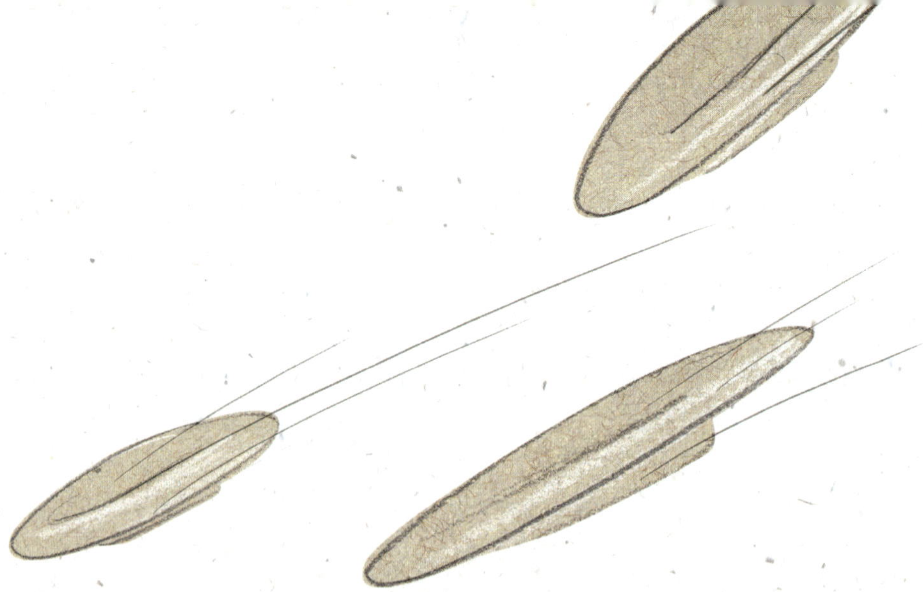

Auch nicht, als Mama den Küchenschrank aufmacht. Den mit dem guten Geschirr.

Fliegende Untertassen.

Wow!

Das sieht abgefahren aus.

Aber Angst kriegen kann man schon. Ein bisschen jedenfalls.

Ich glaube, Mama kriegt auch Angst, als sie den Haufen Scherben auf dem Boden sieht. Deshalb stellt sie den Mülleimer in die Spüle. Und pfeffert die tiefen Teller und die Suppenschüsseln direkt da rein. Das scheppert nicht mehr ganz so doll, weil der Mülleimer nämlich schon voll ist.

Aber nicht voll genug.

Mama lässt noch Wasser reinlaufen und Spülmittel.

Dann nimmt sie den Party-Kochlöffel und rührt um.

Eigentlich benutzt Mama den Löffel nur, wenn Papa seine Kollegen von der Arbeit oder die Kumpels vom Fußball einlädt. Dann kocht Mama Suppe in einem Topf, der beinahe so groß ist wie unser Mülleimer.

Heute hat Papa niemand eingeladen.

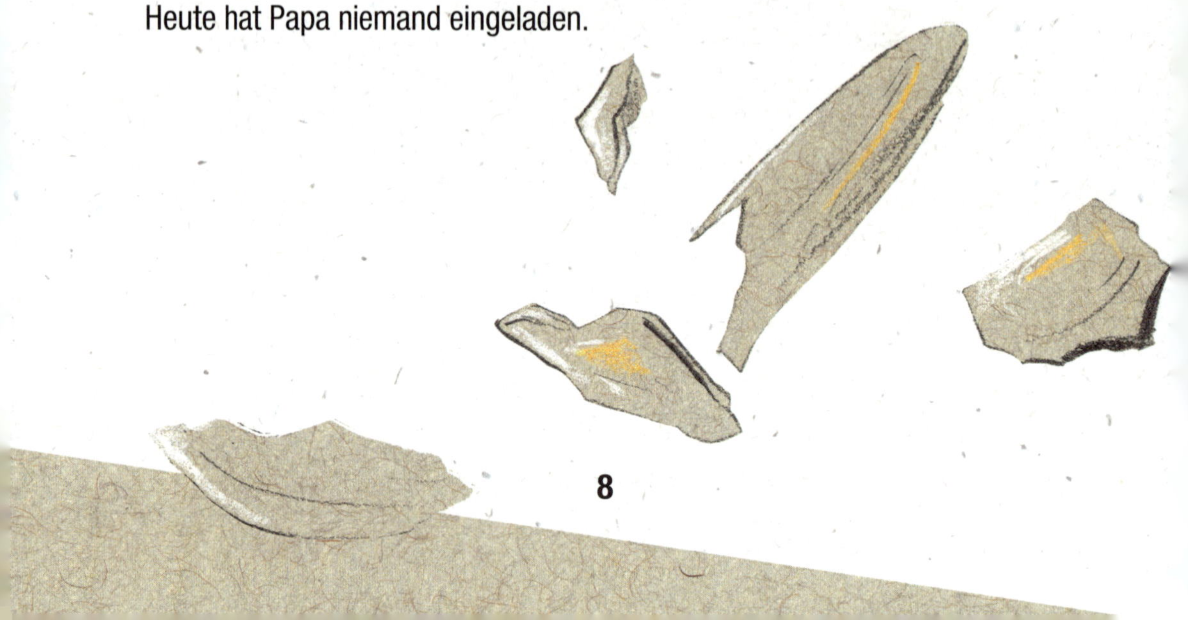

Aber Mama kocht trotzdem.

Vor Wut.

Und keiner kann ihr helfen.

Wir helfen Mama auch sonst nicht in der Küche, wir Schmitz.

Aber weil wir faul sind.

Das jedenfalls sagt Oma. Und damit hat sie auch wieder recht.

Aber heute ist alles anders.

Heute habe ich Pantoffeln an, und heute helfe ich nicht, weil ich Angst habe.

Vor Mama und davor, dass ihre Suppe explodiert.

Dabei haben wir uns die selber eingebrockt, die Suppe, sagt Oma.

Und ich könnte schwören, Schmitz' Katze grinst.

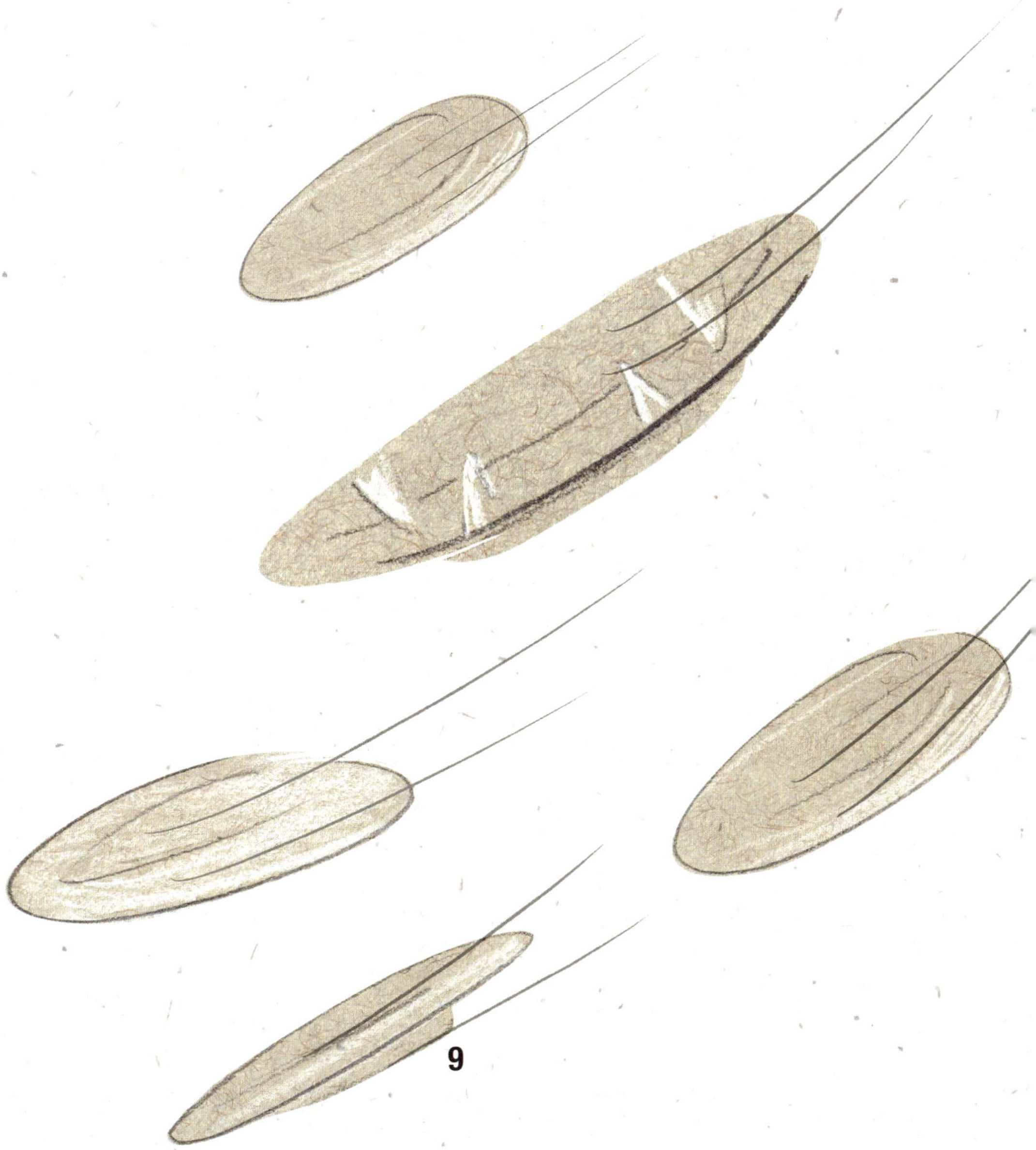

ZWEI

Wir gehen alle ohne Schnitten aus dem Haus.

Papa bringt die Zwillinge in die Kinderkrippe.

Ich muss ihm zeigen, wo die ist. Er war nämlich noch nie da.

Das macht Mama sonst.

Aber die ist plötzlich weg.

Und Papas Auto auch.

Papa hat heute schwer zu tragen.

Die Zwillinge heulen.

Zum Glück weiß ich, wo Mama die Schnuller hat.

Papa stöhnt „Danke, Junge!“ und klopft mir auf die Schulter.

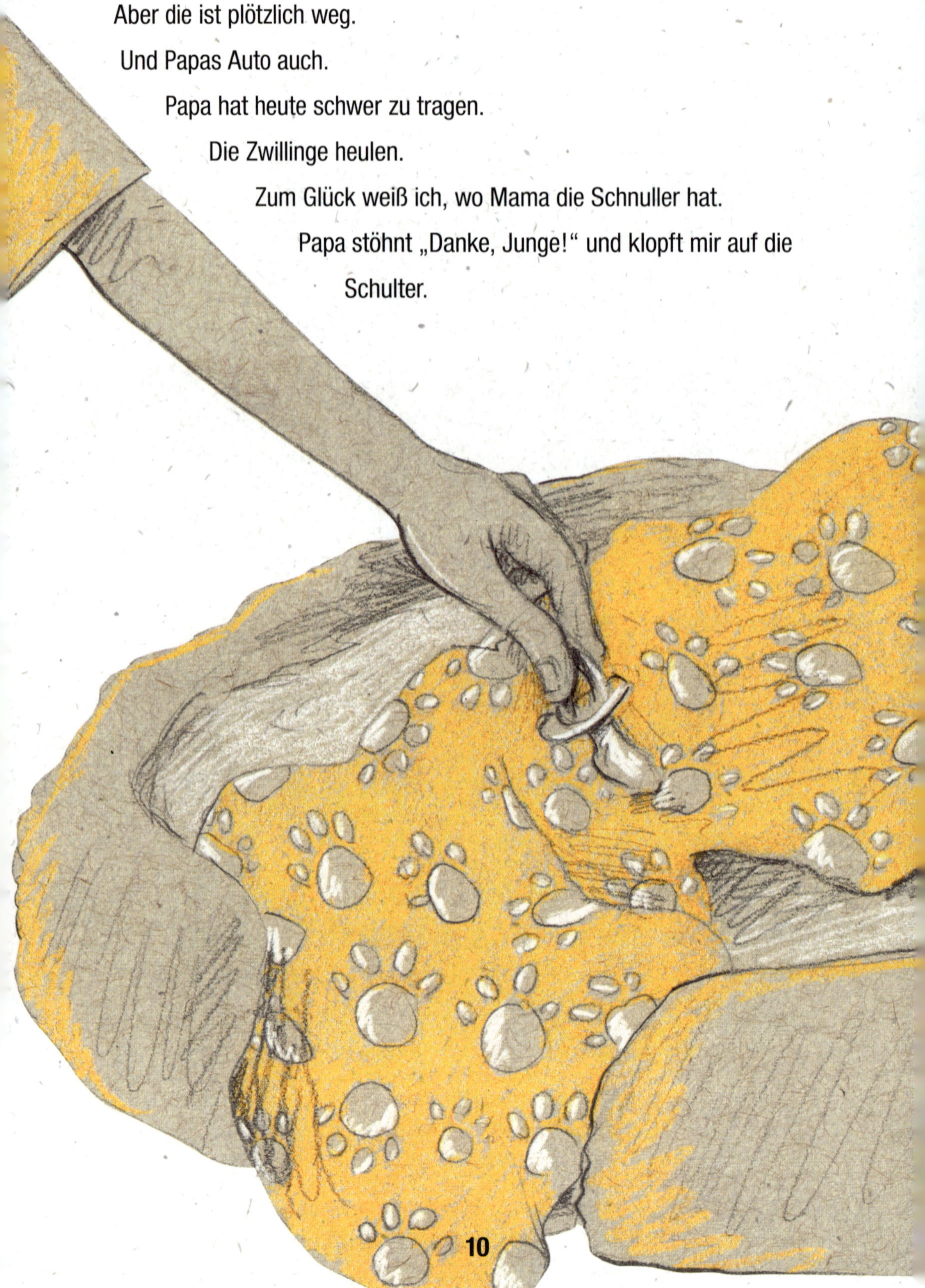

Weil das Auto weg ist, muss Papa den Bus zur Arbeit nehmen.
Den gleichen, mit dem ich in die Schule fahre.
Das ist peinlich. Ich tue so, als ob ich Papa nicht kenne.
Aber heimlich beobachte ich ihn.
Aus den Augenwinkeln.
Er hat rote Flecken im Gesicht.
Und Schweißperlen auf der Stirn.
Seine Augen sind auch rot.
Draußen scheint die Sonne.
Aber Papa friert trotzdem.
Ich glaube, er hat Fieber.

In der Schule gebe ich mir heute besonders viel Mühe.
Mehr als sonst jedenfalls. Und es macht sogar ein bisschen Spaß.
Mehr Spaß jedenfalls, als an Mama zu denken und an heute Morgen.
Ich rechne und schreibe und ethike wie verrückt.

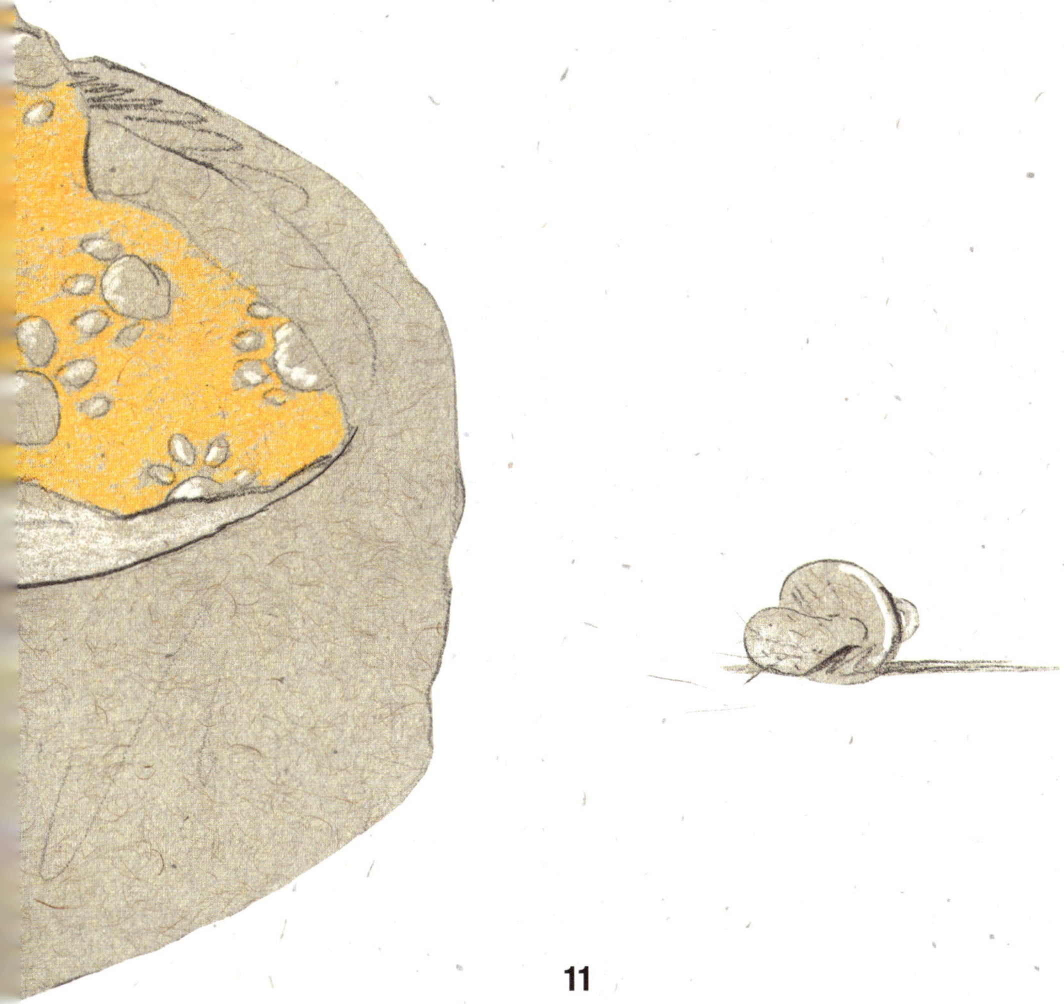

Dafür bekomme ich drei Grinsekatzen von Frau Meister, das ist ein halbes Wochenlob!

Dann haben wir noch Kunst.

Wir sollen ein Bild von unserem Haustier malen.

Wer keines hat, darf sich ein Tier aus dem Zoo aussuchen.

Ich male einen Orang-Utan.

Orang-Utans sind meine Lieblingstiere. Die sind so lustig! Beinahe so lustig wie Tom und Jerry. Die beiden kann ich mir wieder und wieder von vorne angucken. Aber eine Katze kommt für mich heute nicht infrage. Basta!

Deshalb male ich Daisy.

Sie ist das einzige Mädchen in unserer Orang-Utan-Familie. Daisys Mama ist nämlich in einen anderen Zoo gegangen, damit sie dort eine neue Familie und noch mehr Kinder bekommt.

Ich male Daisy, wie sie gegen die Scheibe vom Orang-Utan-Haus pullert und die Zoobesucher mit Salatköpfen bewirft.

Ich kann ziemlich gut malen.

Yves lacht und Marie-Helene sagt, dass Daisy ein bisschen aussieht wie meine Mutter. Marie-Helene kennt Mama. Einmal hat sie sich ihr Bügeleisen ausgeliehen, weil Marie-Helenes Papa nämlich kein Bügeleisen hat. Und Marie-Helene keine Mama.

Ich gucke in mein Orang-Utan-Haus, direkt in Daisys Augen.

Marie-Helene hat recht!

Fliegende Salatköpfe!

Wow!

Plötzlich ist es gar nicht mehr schön in der Schule, mit Grinsekatzen oder ohne. Ich muss sofort nach Hause! Bevor Mama auf die Idee kommt, woanders hinzugehen und woanders eine neue Familie und noch mehr Kinder zu bekommen!
Bei dem Gedanken wird mir plötzlich ganz schlecht und ich geh ab wie Schmitz' Katze. Ich schaffe es noch genau bis zum Mülleimer, der hinten im Klassenzimmer steht.

Danach darf ich gehen.
Vorher lobt mich Frau Meister aber noch.
Weil ich mir solche Mühe gegeben habe.
So einen Tag wie heute, den würde sie gerne öfters mit mir erleben.
Ich nicht. Trotzdem nicke ich.
Dann renne ich los.

DREI

Mama ist wieder zu Hause!

Sie war nur einkaufen.

Wow!

In Schmitz' Küche stapeln sich die Konservendosen.
Für uns gibt es Nudeln in Tomatensoße, Königsberger Klopse vegan, Linseneintopf, vegetarisches Gulasch, Feuertopf und Hochzeitssuppe.
Außerdem Huhn, Kaninchen, Shrimps, Ente, Rind und frische Leber für Schmitz' Katze.
Aber das sehe ich erst, als Oma kommt und uns zeigt, wo der Dosenöffner ist.
Jetzt bin ich erst mal nur froh, dass Mama da ist, wo sie immer ist, und nicht woanders.
Auch wenn sonst nichts ist, wie es immer ist.

In unserem Vorgarten steht nämlich ein Liegestuhl.

Papas Liegestuhl.

Aber heute liegt Mama darin.

Beinahe hätte ich sie nicht erkannt.

Nicht wegen dem Stuhl, sondern weil sie so anders aussieht.

Die Frau trägt ein Kleid und einen Hut, auf dem Blumen wachsen.

In der Hand hält sie ein Glas. Darin schwimmt Gemüse, ein Strohhalm und ein Sonnenschirmchen, weil es heute sehr heiß ist. Ihr Mund glänzt rot und fremd. Aber dann erkenne ich sie doch. An ihren Zehennägeln! Die sind nämlich lila. Und das sind sie immer. Nur sonst sieht das keiner. Weil Mama im Haus natürlich Pantoffeln anzieht.

Aber heute trägt Mama keine Pantoffeln. Sie trägt gar keine Schuhe und streckt ihre lila Zehen auf Papas Liegestuhl in die Sonne.

Das sieht sehr elegant aus.

Richtig schön.

Ich wusste nicht, dass Mama so schön ist.

Wow!

Und es gibt noch mehr, was ich nicht wusste.
Ich wusste nicht, dass Mama richtig gut werken kann.
Und ich meine richtig gut, nicht so wie Papa, der tut nämlich nur so.

Mama hat ganz alleine mit der Stichsäge ein Schild aus ihrer Arbeitsplatte herausgeschnitten. Die Arbeitsplatte ist ein Geschenk von Papa. Sie steht eigentlich im Wäschekeller, damit Mama die frische Wäsche direkt dort zusammenlegen kann und nicht bis ins Wohnzimmer schleppen muss.
Das ist besser für Mamas Rücken und besser für Papas Fernsehprogramm.
War besser.
Denn jetzt hat die Arbeitsplatte ein Loch. Ein rechteckiges Loch.
Und das Loch steht in unserem Vorgarten. Natürlich steht das Loch nicht von alleine. Mama hat das Loch an der Gardinen-Leiter festgeschraubt.
Die Gardinen-Leiter heißt Gardinen-Leiter, weil Mama sie benutzt, um Gardinen aufzuhängen.

Heute hat sie aber keine Gardinen aufgehängt, sondern das Loch.
Und die Leiter mit dem Loch steht im Hortensien-Beet, obwohl das Beet heilig ist!
Hortensien sind nämlich Mamas Lieblingsblumen, deshalb wachsen sie heute auch aus ihrem Hut.

Hortensien sind der einzige Luxus, den Mama sich gönnt.
Das sagt sie jedenfalls immer, wenn Papa über das Geld stöhnt, das er

verdienen muss. Und Papa stöhnt ziemlich oft über das Geld. Ungefähr genauso oft wie über meine Pantoffeln.

Aber heute stöhnt Papa über das Loch in Mamas Hortensien-Beet.

Dabei ist ihm noch nicht einmal aufgefallen, dass Mama das Loch aus der Arbeitsplatte rausgeschnitten hat.

Papa ist nur aufgefallen, dass Mama mit seinem Autolack etwas daraufgeschrieben hat. Und der Autolack ist Papa heilig! Der Autolack kostet viel Geld und wird gebraucht, wenn das Auto einen Kratzer hat. Einen Kratzer am Auto muss man nämlich sofort behandeln. Sonst fängt der Kratzer an zu rosten, und dann fällt das Auto auseinander! Natürlich kann man das Auto mit dem Kratzer auch in die Autowerkstatt bringen. Aber das kostet sehr viel Geld. Trotzdem wird Papa das jetzt wohl müssen, denn sein Auto hat einen Kratzer.

Einen ziemlich großen sogar, weil Mama heute mit dem Auto gegen die Hauswand gefahren ist.

Den Kratzer hat Papa aber noch gar nicht gesehen.

Papa sieht nur Mamas Loch an der Gardinen-Leiter im Hortensien-Beet und darauf steht:

MUTTER IM STREIK!

Papa stöhnt nicht so wie sonst und auch nicht so wie später, als er den Kratzer am Auto entdeckt. Papa stöhnt von ganz tief unten.

Es hört sich ein bisschen so an wie die Orang-Utans, wenn sie furzen.

Bis zum Abend gibt Papa ein richtiges Furz-Konzert.

Dann kommt Oma und sagt, Papa soll sich zusammenreißen. Sie sagt auch, dass das schon mal passieren kann. Also das mit dem Auto. Wenn man wütend ist. Und wenn man keine Übung hat mit dem Autofahren.

Mama hat nämlich keine Übung, weil Papa sie nicht gerne mit seinem Auto fahren lässt. Und ein eigenes Auto hat Mama nicht. Das wäre Luxus, findet Papa, und Mama hat ja schon ihre Luxus-Hortensien, auf die sie nicht verzichten will.
Die Hortensien hat Mama nämlich zu gerne.

Papa hat sie auch gerne.
Und die Zwillinge.
Und mich.

Das jedenfalls steht in dem Brief, der in der Küche auf dem Konserven-Haufen liegt. Und da steht noch mehr. Weil Mama jetzt im Streik ist und nicht mehr mit uns redet, bis ihre Forderungen von uns erfüllt werden.
Das ist nämlich der Sinn von einem Streik.
Erklärt mir Oma, weil aus Papas Mund außer Orang-Utan-Fürzen nichts mehr rauskommt.

VIER

Bei einem Streik hört ein Arbeiter auf zu arbeiten, weil er sich ungerecht behandelt fühlt. Der Arbeiter möchte von seinem Chef besser behandelt werden. Der Chef soll dann dem Arbeiter mehr Geld für seine Arbeit bezahlen oder dem Arbeiter mehr Ferien geben. Manchmal gibt es noch andere Dinge, die sich der Arbeiter wünscht. Und wenn seine Wünsche nie erfüllt werden, dann streikt er. Der Arbeiter arbeitet so lange nicht mehr für seinen Chef, bis der Chef bereit ist, sich mit dem Arbeiter an einen runden Tisch zu setzen und ihm die Wünsche zu erfüllen. Bis dahin reden Chef und Arbeiter nicht mehr miteinander.

Verrückt!
Ich wusste gar nicht, dass Papa Schmitz ein Chef ist.
Und auch nicht, dass Mama Schmitz für ihn arbeitet.
Deshalb frage ich Papa, wie viel Geld er der Mama denn für ihre Arbeit bezahlt.
Vielleicht lässt sich daran ja noch was drehen.
Einen runden Tisch haben wir nämlich schon.
Aber Papa antwortet nicht.
Er stöhnt nur wieder.
Affig.

Bei Familie Schmitz redet jetzt nur noch Oma.
Sie sagt, dass Papa zack, zack die Zwillinge aus der Kinderkrippe abholen muss!
Und ich die Konservenbüchsen in den Küchenschrank stellen soll, da ist ja jetzt Platz. Danach soll ich die Scherben zusammenfegen und den Müll rausbringen und den Tisch abwischen und decken natürlich!
Damit alles fertig ist, wenn Papa das Abendbrot bereitet.
„Aber dalli, dalli, es ist schon spät!“, bellt Oma.
Dann gießt sie sich auch ein Glas mit Gemüse ein und geht raus zu Mama, die Abendsonne genießen.

Zum Abendbrot gibt es Hochzeitssuppe.
Wir sitzen drinnen am runden Tisch, aber ohne Mama, die es sich mit einer Decke im Vorgarten gemütlich gemacht hat.

Ich trage Pantoffeln und esse, ohne zu murren, weil ja die Zwillinge schon heulen. Die Suppe ist nämlich angebrannt.

„Leicht angesetzt“, brummt Papa. Sonst sagt er nichts.

Auch nicht, als Oma fragt, ob er den Brief von Mama vorlesen möchte.

Dabei will ich genau wissen, was Mama sich von ihrem Chef wünscht und ob sie jetzt immer elegant mit Hut im Vorgarten sitzen wird und das Pizzataxi bestellt.

Ich bin ein bisschen neidisch.

Auf Mamas Pizza und auf ihre gute Laune.

Bei unserem Abendbrot ist nämlich nicht so eine super Stimmung.

Nur Schmitz’ Katze geht es prima. Sie schlabbert frische Leber unter dem runden Tisch und schmatzt glücklich.

Dann reicht Oma mir den Brief und ich lese vor:

Liebe Familie!

Ich hab euch lieb,
deshalb gehe ich in den Streik.
Hätte ich euch nicht lieb,
ginge ich weg.

Ich habe euch so oft um Hilfe gebeten.
Aber ihr antwortet mir nicht einmal.
Ihr hört mir nämlich gar nicht zu.
Ihr hört euch auch untereinander nicht zu.
Ihr guckt euch nicht einmal richtig an.
Sonst wüsstet ihr, wer hier im Haus die Pantoffeln anhat.

Außerdem seid ihr faul.
Und noch dazu jeden Morgen schlecht gelaunt.
So macht es mir keinen Spaß mehr mit euch Muffelköppen!

Ich werde erst zurückkommen, wenn ihr daran etwas ändert.
Und ich möchte sehen, was ihr ändert, ich möchte es nicht nur hören.
Dann möchte ich, dass ihr das, was ihr geändert habt, für mich aufschreibt.
Damit ich euch später daran erinnern kann.

Und das hier sind meine Streikforderungen:
Ich wecke morgens nur noch mich!
Ihr stellt euch eure Wecker, die Bedienungsanleitung liegt in der Küchenschublade!
Bei der Gelegenheit: Guckt euch in der Küche um!
Ihr werdet ab jetzt öfter hier Zeit verbringen.
Während ich die Zwillinge anziehe, kocht Papa den Kaffee und ihr deckt gemeinsam den Tisch!
Jeder schmiert ab sofort seine Schnitten selbst!
Werden die Schnitten nicht aufgegessen, nehmt ihr sie am nächsten Tag wieder mit!

Wer morgens schon schlechte Laune verbreitet, hat die Küche sofort zu verlassen!
Das Wort „Pantoffel" will ich im ganzen Haus nie wieder hören!
Wer die Zwillinge in die Krippe bringt, bekommt das Auto!
Der andere fährt mit dem Bus!
Nein, keine Diskussion!
Die Wäsche wird abends im Wohnzimmer zusammengelegt!
Von allen! Dabei bleibt der Fernseher aus und wir unterhalten uns!
Wer Kumpels einlädt, kocht für sie! Und räumt danach die Küche mit den Kumpels wieder auf!
Einer von den Eltern übt mit dem Großen für die Schule!
Der andere übt mit den Kleinen auf dem Töpfchen!
Der Große packt seinen Schulranzen alleine!
Er wechselt ohne Aufforderung täglich Socken und Schlüpper!
Das gilt auch für seinen Vater!
Der Vater kauft zukünftig seine Anziehsachen alleine!
In der Woche wird abends nicht mehr gekocht!
Es gibt Schnitte mit Brot und kein Gemecker!
Am Wochenende teilen wir das Essen-Kochen auf!
Einen Tag koche ich.
Einen Tag kocht der Vater.
Nein, Grillen ist kein Kochen!
Zwei Abende in der Woche habe ich frei und Zeit für mich!
Dann bringt ihr die Zwillinge ins Bett!
Das ist das Schwerste auf dieser Liste.
Heute könnt ihr anfangen, das zu üben.
Ich wünsche euch allen eine gute Nacht!

Bis morgen,
Mama

PS: Drei Minuten Zähneputzen mit KAI (Kauflächen, Außenflächen, Innenflächen) und frische Windeln für die Zwillinge nicht vergessen!

Wow!

Das ist ein langer Brief.
Mit echt vielen Neuigkeiten.
Mein Mund ist ganz trocken.

Oma meint, wir sollen jetzt erst mal darüber nachdenken.
Und dass sie in der Zeit Mama hilft, das Zelt im Vorgarten aufzubauen.
Papa protestiert: „Das geht zu weit! Sollen denn etwa alle Leute aus unserer Straße sehen, dass meine Frau streikt?"
„Das ist der Sinn!", behauptet Oma.
Ein bisschen peinlich muss der Streik für die Chefs nämlich sein. Freiwillig setzen die sich sonst nicht mit den Arbeitern an den runden Tisch.
Papa protestiert nicht weiter. Dafür die Zwillinge. Ihre Hochzeitssuppe schwimmt jetzt im Katzenkörbchen. Und die Windeln sind auch nass.
Von Schmitz' Katze keine Spur.
Ich zeige Papa, wo Mama den Toast aufbewahrt.
Schnitte mit Brot und kein Gemecker.
Fangen wir an!

FÜNF

Am nächsten Morgen weiß es die ganze Straße.
Mama macht nämlich im Vorgarten neben dem Streik-Schild ihre Yoga-Übungen.
Yoga ist ein Sport, bei dem man sich verknotet.
Aber so, dass man den Schulkindern, die am Gartenzaun vorbeilaufen, dabei noch zuwinken kann.
Im Bus will ich so tun, als ob ich niemand kenne.
Aber das klappt nicht.
Alle wollen wissen, was abgeht bei uns.
„Na, was denn?“, fauche ich zurück. „Meine Mutter geht ab. Sie geht ab wie Schmitz’ Katze!“

In der Schule gebe ich mir heute wieder Mühe. Obwohl ich müde bin, weil das Aufräumen gestern noch echt lange gedauert hat. Wenigstens sind die Zwillinge früh eingeschlafen, weil Aufregung nämlich auch müde macht,

behauptet Papa. Dafür sind die Zwillinge heute aber schon sehr früh wieder aufgewacht, auch vor Aufregung, behaupte ich.

Alle zusammen sind wir dann mit unseren frischen Schnitten, Socken und Schlüppern erst an Papas Auto und dann an Mamas Zelt vorbeigegangen. Papa wollte so tun, als wäre Mama Luft, aber die Zwillinge haben Mamas Luft gleich gerochen. Sie sind sofort abgebogen und zu Mama gewatschelt. Und ich hinterher, einer muss ja schließlich auf sie aufpassen.
Zum Schluss kam Papa dann aber auch noch.
Wir haben alle so getan, als wäre überhaupt nichts passiert.
Als wäre es ganz normal, im Vorgarten zu zelten.
Mama jedenfalls war gut gelaunt wie fast immer.
Sie hat jedem von uns einen Kuss auf die Wange gegeben und uns einen schönen Arbeitstag gewünscht. Zum Abschied hat Schmitz' Katze von der Gardinen-Leiter geschnurrt.

In der Schule hat sich Mamas Streik auch schon herumgesprochen.
Denn bei Frau Meister sind plötzlich keine Haustiere mehr angesagt, obwohl manche noch nicht fertig sind mit ihrem Bild. Trotzdem gibt Frau Meister uns heute eine neue Aufgabe.
Wir sollen aufmalen, welche Tätigkeiten unsere Mütter zu Hause die ganze Woche verrichten.
Die meisten maulen, weil sie das blöd finden, nur Marie-Helene freut sich, weil sie keine Mutter hat.
Yves schwitzt. Fast so wie Papa gestern. Yves' Papa ist nämlich Taxifahrer und nie zu Hause, außer wenn er schläft. Aber Yves hat fünf Geschwister! Deshalb muss er sich von Frau Meister noch drei Zusatzblätter borgen, um alles aufzumalen, was seine Mutter macht. Dann sagt Frau Meister zu Yves, er soll die Tätigkeiten rot einkreisen, bei denen er zu Hause mithelfen muss. Also Müll rausbringen oder Kinderzimmer aufräumen oder Klo putzen.
Beim Kloputzen lachen alle. Ich auch.
Nur Yves nicht. Der glotzt Frau Meister ganz komisch an. So, als würde sie nicht Deutsch reden. Und dann nimmt er den Stift und macht alles krickelkrakel rot.
Frau Meister denkt, der Yves hat sie nicht richtig verstanden. Deshalb erklärt sie noch mal ganz langsam, dass er nur die Sachen rot einkreisen soll, bei denen er im Haushalt mithelfen muss.
Aber Yves sagt, er muss bei allem helfen und seine Geschwister auch, wie soll seine Mutter das denn sonst alleine schaffen, sie ist ja kein Packesel.
Beim Packesel lachen wieder alle. Nur ich nicht.
Ich gucke auf den Boden und stelle fest, dass ich heute Morgen vergessen habe, meine Pantoffeln auszuziehen.
Yves bekommt für seine vier Bilder sechs Grinsekatzen von Frau Meister, dabei kann er nicht so gut malen wie ich.
Trotzdem bin ich kein bisschen neidisch.

SECHS

Als ich aus der Schule nach Hause gehe, sehe ich schon von Weitem, dass etwas nicht stimmt. Die Straße ist voller Autos und auch zwei Lastwagen parken vor unserem Haus. Im Vorgarten stehen überall Menschen und auf dem Fußweg liegen Kabel. Hinter unserem Gartenzaun sind Lampen aufgebaut, dabei scheint die Sonne.

Bis hier oben zur Ecke kann ich hören, wie Frau Grawunder – das ist unsere Nachbarin von rechts – unserer Nachbarin von links – Frau Fürchtegott – erklärt, dass Fernsehen und Radio gekommen sind, um Aufnahmen von Familie Schmitz zu machen. Außerdem ist jemand von der Zeitung da, der mit Frau Schmitz ein exklusives Interview führen will.

Ein Interview ist ein Gespräch und Frau Schmitz ist meine Mama.

„Sieht ganz so aus, als ob Frau Schmitz jetzt berühmt wird“, kreischt Frau Grawunder über die Zäune.

Frau Grawunder wird wahrscheinlich nicht berühmt, aber sie hat sich trotzdem schick gemacht, falls jemand auch Aufnahmen von ihr haben möchte. Sie kann ja schließlich nicht mit Schürze und Pantoffeln ins Fernsehen, wie sieht das denn aus? „Schrecklich!“, nickt Frau Fürchtegott zustimmend. Und geht sicherheitshalber zurück in ihr Haus, um sich auch umzuziehen.

Ich finde, dass ich mit meinen Pantoffeln besser auch nicht ins Fernsehen kommen sollte, und deshalb schleiche ich rückwärts die Straße zurück, um alles im Blick zu haben.
Nur die Menschen, die hinter mir laufen, habe ich natürlich nicht im Blick und deshalb knalle ich volle Kanne gegen Marie-Helene!

Ich mag Marie-Helene, so wie ich Yves mag, und sogar noch ein bisschen mehr. Deshalb drehen wir uns um und rennen gemeinsam zu ihr nach Hause. Marie-Helenes Papa arbeitet noch und keiner kann uns stören. Wir sitzen in der Küche, die nicht so sauber ist wie unsere, und ich erzähle von Mamas Streik und wie alles angefangen hat, nämlich mit der Katzenkotze und den blöden Pantoffeln.
Marie-Helene versteht mich. Sie mag auch keine Pantoffeln. Sie mag Silberfische, das sind ihre Haustiere, und die wohnen bei ihr unter der Küchenspüle. Über Hausarbeit hat Marie-Helene aber noch nie nachgedacht, die macht nämlich ihr Papa, und wenn er die nicht macht, dann macht sie eben keiner.
So sieht es hier allerdings aus. Und es riecht auch ein bisschen danach. Dabei hat Marie-Helene gar keine Katze mit Kotze und auch keine Zwillinge mit Töpfchen, aber eben auch keine Mama.
Dafür hat sie mich und ich habe eine Idee!
Wir drehen das Radio laut und tanzen durch die Küche, dabei räumen wir auf. Das macht irre Spaß, jedenfalls mehr Spaß als gestern mit Papa und ohne Musik.
Später tanzen wir nicht mehr, dann räumen wir nur noch auf.
Und viel später, als wir fertig sind, ist es draußen schon dunkel und die Silberfische sind schlafen gegangen.

Weil Marie-Helenes Papa immer noch nicht da ist und schimpfen kann, geht Marie-Helene mit mir bis zur Ecke. Dann schleicht sie vor und ich warte auf ihr Zeichen, ob die Luft rein ist und ich nach Hause gehen kann.

Ich warte sehr lange.

Ich denke an Marie-Helenes Silberfische und an mein Bett.

Dann schleiche ich selber um die Ecke.

Und knalle wieder volle Kanne gegen Marie-Helene, die die ganze Zeit so nahe bei mir gestanden hat!

Ich will wissen, was los ist, aber dann sehe ich es selbst. Die Lampen in unserem Vorgarten sind nämlich an und bringen Licht ins Dunkel.

Wow!

Neben meiner Mama in Papas Liegestuhl sitzt Marie-Helenes Papa in Papas Fernsehsessel!

Marie-Helenes Papa ist nicht so ein guter Handwerker wie meine Mama. Die Ecken von seinem Schild sind etwas ausgefranst, trotzdem erkenne ich sofort Mamas Arbeitsplatte und Papas Autolack. Auf dem Schild vor Papas Fernsehsessel steht:

VATER IM STREIK!

Ich wusste nicht, dass Marie-Helenes Papa auch einen Chef hat, mit dem er unzufrieden ist.

Plötzlich heult es neben mir.

Und ich verstehe.

Marie-Helene ist der Chef.

Wow!

Ich nehme Marie-Helene an die Hand und ziehe sie an unseren streikenden Eltern vorbei ins Haus.
Im Wohnzimmer sitzt Papa ganz alleine am runden Tisch.
Er denkt nach und macht sich Notizen auf Mamas Wunschzettel.
So nennt er das Ding, dabei sind es ja eigentlich keine Wünsche, sondern Forderungen, aber ich sage lieber nichts, das wird Oma schon machen. Sie ist neuerdings nämlich sehr streng mit ihrem Sohn. Ihr Sohn, das ist mein Papa.

Der fragt nicht, wo ich so lange war, und auch nicht, ob ich Pantoffeln anhabe. Er hat keine Nerven zum Streiten, das sehe ich gleich. Papa schimpft nicht und stöhnt nicht, er wünscht mir nur eine gute Nacht, ohne mich anzugucken.
Ich ziehe Marie-Helene hinter mir die Treppe hoch.
Wenn wir mein Kinderzimmer aufräumen, ist da genug Platz für zwei. Aber heute Abend sind wir so müde, dass wir erst mal nur alles auf einen Haufen schieben.

SIEBEN

Den ganzen Monat über scheint die Sonne.
Das ist gut, denn wir kommen mit Mamas Forderungen im Haus nicht so voran wie gedacht. Und Mama bleibt so lange im Streik, bis es bei uns klappt. Wenn sie nämlich zu früh den Tatort betritt, könnte es sein, dass sie rückfällig wird, und das will sie nicht. Mit Tatort meint Mama die Küche. Weil das der Ort ist, an dem sie am meisten getan hat.
Das behauptet Oma jedenfalls und holt für Mama deshalb noch ein wohlverdientes Kaltgetränk aus dem Kühlschrank.

Mama arbeitet jetzt nämlich im Vorgarten.
Sie arbeitet an sich.
Sie will sich in Gelassenheit üben, mal fünfe grade sein lassen, nicht jedem Krümel hinterherwischen. Und bei ihr klappt das schon ganz gut. Marie-Helenes Papa, der sie jeden Abend besucht, hilft ihr nämlich dabei.
Gemeinsam verknoten sie sich beim Yoga
und lernen lächelndes Atmen.
Das machen alle berühmten Leute.
Sagt jedenfalls Frau Grawunder.
Oma weiß davon nichts.

Frau Grawunder war tatsächlich im Fernsehen, zwar nur ganz kurz, aber seitdem geht sie nie mehr in Schürze und Pantoffeln aus dem Haus, nicht mal bis zum Briefkasten. Sie trägt jetzt einen rosa Hausanzug und pinke Puschen und findet sich damit schön.

Auch Frau Fürchtegott möchte gerne mit ihrem neuen Kleid berühmt werden und deshalb fragt sie Marie-Helenes Papa, ob sie mitmachen kann beim Yoga.

Aber Mama sagt Nein!

Erstens geht Yoga nicht mit Kleid.

Und zweitens dürfen in unserem Vorgarten nur die Leute Yoga machen, die auch im Streik sind oder die Streikenden unterstützen und im Geist für dieselbe gute Sache kämpfen.

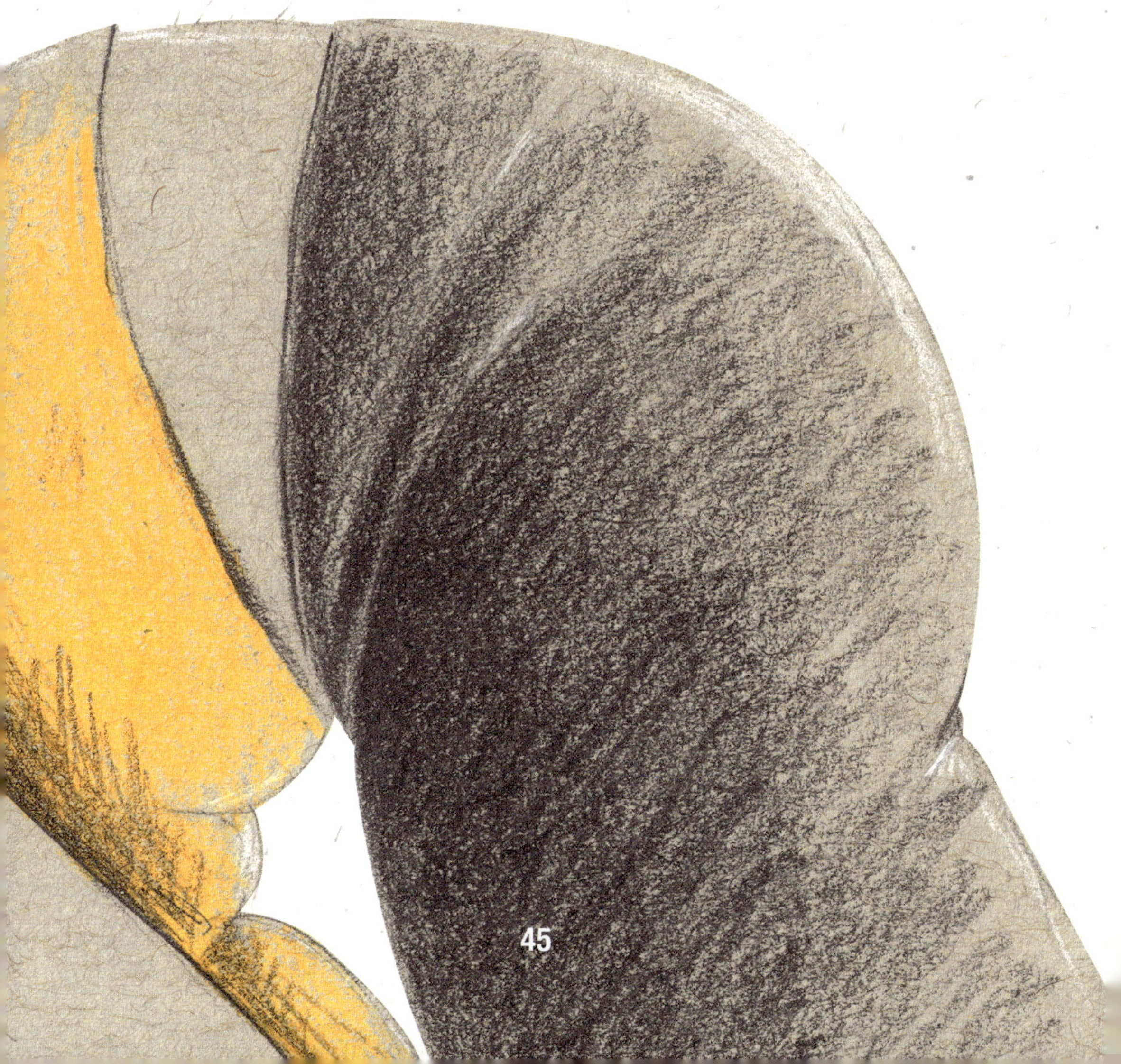

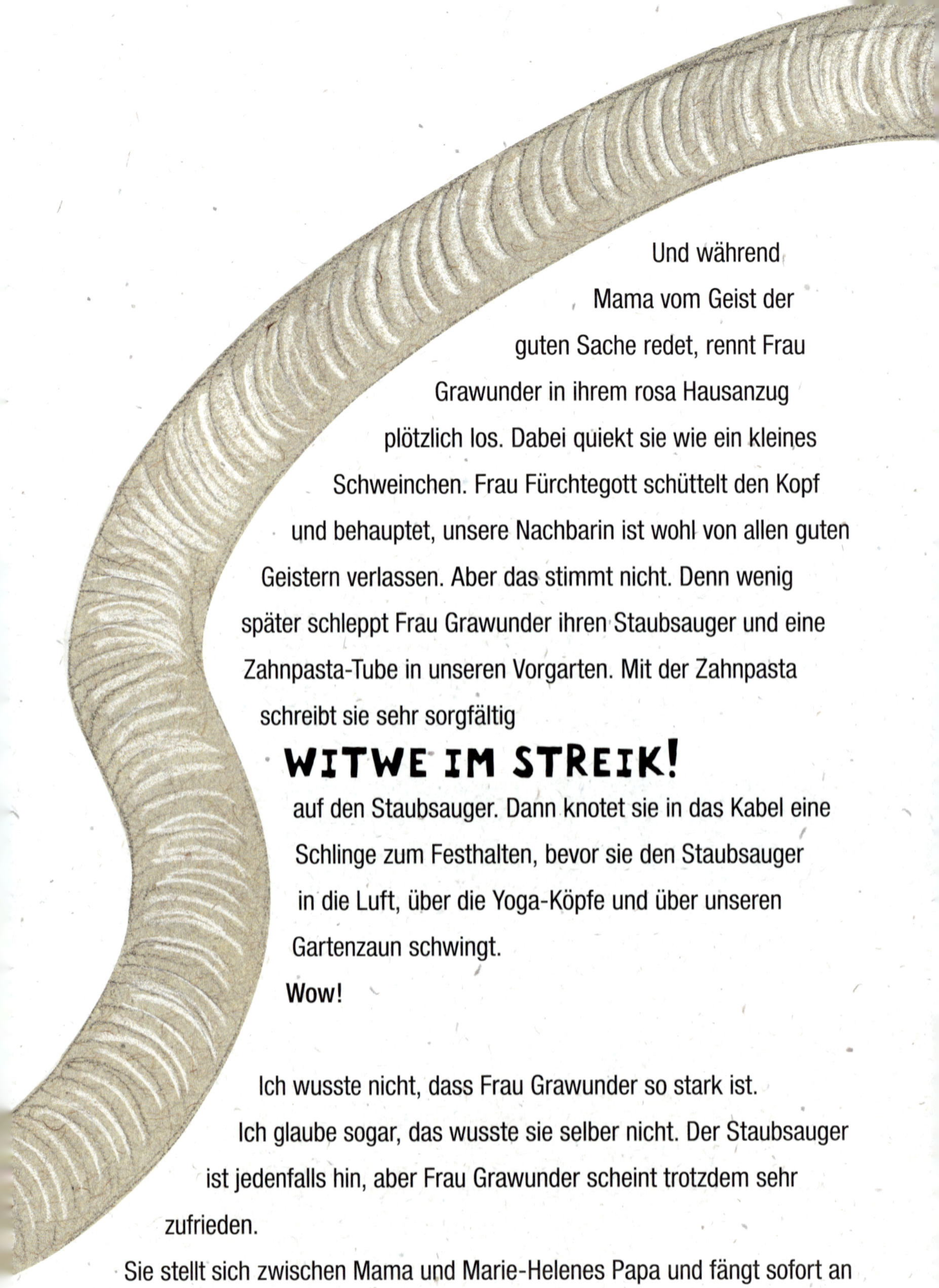

Und während Mama vom Geist der guten Sache redet, rennt Frau Grawunder in ihrem rosa Hausanzug plötzlich los. Dabei quiekt sie wie ein kleines Schweinchen. Frau Fürchtegott schüttelt den Kopf und behauptet, unsere Nachbarin ist wohl von allen guten Geistern verlassen. Aber das stimmt nicht. Denn wenig später schleppt Frau Grawunder ihren Staubsauger und eine Zahnpasta-Tube in unseren Vorgarten. Mit der Zahnpasta schreibt sie sehr sorgfältig

WITWE IM STREIK!

auf den Staubsauger. Dann knotet sie in das Kabel eine Schlinge zum Festhalten, bevor sie den Staubsauger in die Luft, über die Yoga-Köpfe und über unseren Gartenzaun schwingt.

Wow!

Ich wusste nicht, dass Frau Grawunder so stark ist. Ich glaube sogar, das wusste sie selber nicht. Der Staubsauger ist jedenfalls hin, aber Frau Grawunder scheint trotzdem sehr zufrieden.

Sie stellt sich zwischen Mama und Marie-Helenes Papa und fängt sofort an zu atmen, mit Lächeln und allem Drum und Dran.

Frau Fürchtegott ist beleidigt.

Weil sie nämlich keine Witwe ist. Eine Witwe nennt man die Frau, die übrig bleibt, wenn ihr Mann tot ist. Aber Frau Fürchtegotts Mann lebt noch. Und solange Herr Fürchtegott noch lebt, will Frau Fürchtegott lieber nicht streiken. Sie meint, ihr geht es besser, wenn ihr Mann nicht

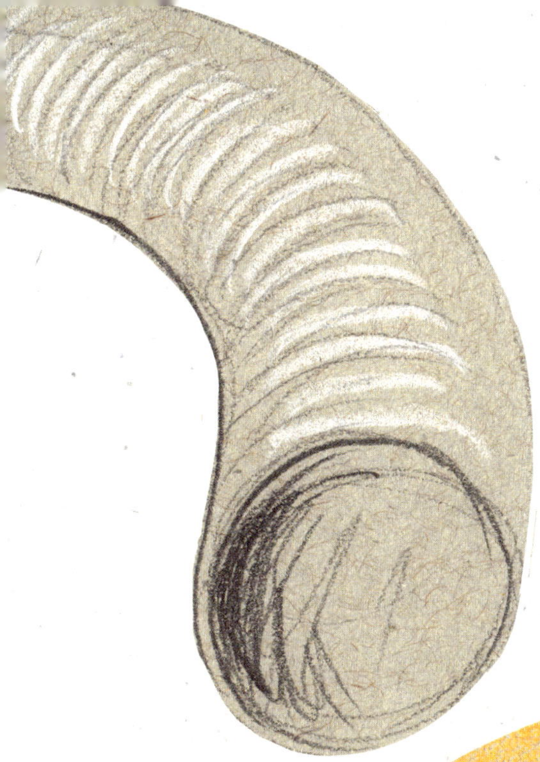

im Haushalt mithilft. Noch besser würde es ihr aber gehen, wenn sie lernen könnte, auch so elegant zu atmen. Frau Fürchtegott versucht Mama mit Muffins und Schnittchen weichzuklopfen, aber es hilft nichts.

Mama bestellt weiter beim Pizzataxi. Der Pizzamann ist supernett und gibt Mama Rabatt. Er war nämlich auch im Fernsehen und seitdem bestellen alle „Pizza Schmitz extra scharf“, so wie Mama es gerne mag.

Auch Frau Fürchtegott probiert ein Stück von Mamas Pizza.
Aber dann fängt sie an zu heulen. Nicht wegen extra scharf, sondern weil sie nämlich noch nie Pizza gegessen hat, nicht einmal gekostet, in ihrem ganzen langen Leben! Und Frau Fürchtegott ist wirklich schon uralt, nicht ganz so alt wie Herr Fürchtegott, der bestimmt bald stirbt, und es ist ja wirklich traurig zu sterben, ohne Pizza probiert zu haben, das ist ja fast so traurig wie zu sterben, ohne elegant atmen zu können, schnieft Frau Fürchtegott.

Schließlich verhandelt Mama neu. Sogar ganz ohne runden Tisch. Dafür im Kreis und im Lotussitz.

Frau Fürchtegott darf beim Yoga mitmachen, wenn sie in Zukunft einmal im Monat auf die Zwillinge und auf mich aufpasst, damit Mama und Papa gemeinsam ausgehen können. Frau Fürchtegott ist einverstanden und lässt sich von Mama eine Hortensie ins Haar binden.
Draußen verknoten sich jetzt vier beim Sonnengruß.
Und drinnen bei uns ist Gewitter.

ACHT

Manchmal wissen wir gar nicht, wo wir anfangen sollen.
Deshalb schreibt Papa einen Wochenplan, so ähnlich wie der Stundenplan in der Schule. Auf dem Plan steht für jeden Tag und jedes Familienmitglied, was es zu tun gibt. Und das ist irre viel! Jedenfalls wenn wir all das machen wollen, was Mama immer gemacht hat.
Am Anfang klappt gar nichts.

Oma sagt, das ist ja auch kein Wunder, Mama hat schließlich 20 Jahre Vorsprung, und dabei guckt sie Papa sehr streng an. Aber der guckt nicht zurück, weil er gerade den Zwillingen erklärt, dass im Töpfchen bleiben muss, was sie da reingetan haben. Das verstehen die Zwillinge aber nicht.
Papa stöhnt nicht.
Dafür ich.

Auf meinem Plan steht für heute nämlich noch: Hausaufgaben erledigen, Zimmer aufräumen, Wäsche zusammenlegen, Spülmaschine ausräumen, Garten gießen.

Und das Katzenklo muss ich auch noch sauber machen.

Dabei scheint die Sonne.

Ich könnte heulen.

Draußen hecheln Frau Grawunder und Frau Fürchtegott um die Wette. Die Yoga-Übung heißt Hund und sieht mal gar nicht elegant aus. Marie-Helenes Vater zeigt ihnen, wie sie die Zunge richtig raushängen lassen und wie hoch der Popo dabei in den Himmel zeigen muss.
Und dann hat Marie-Helene eine Idee!
Wir brauchen auch Hilfe von einem, der weiß, wie es geht!
Wir schnappen uns die Zwillinge, Mamas Brief und die Haushaltskasse.
Damit gehen wir zuerst zu Yves und dann zu Milli Vanilli.

Milli Vanilli nennt Mama unsere Softeisdiele, die eigentlich gar keinen Namen hat. Tatsächlich hießen vor langer Zeit mal zwei Sänger Milli Vanilli, und die Typen fand Mama soooo süß wie Schoko-Vanille, ihre Lieblingssorte, die es hier in der Softeisdiele gibt. Aber dann kam raus, dass Milli Vanilli – also die Sänger – alle Leute veräppelt haben, weil sie nämlich gar nicht wirklich gesungen haben. Die haben nur so getan als ob und den Mund bewegt, während irgendwo eine CD lief. Deshalb hat Mama dann doch nicht den Milli oder den Vanilli, sondern den Papa geheiratet.
Und jetzt haben wir den Salat!
Darum nehmen wir heute bei Milli Vanilli fünf extragroße Portionen mit bunten Streuseln und bezahlen aus Mamas Haushaltskasse, basta!
Wer arbeitet, soll nämlich auch essen.
Das sagt Oma jedenfalls immer.

Dann zeigen wir Yves Mamas Brief.
Wir schlecken und lesen und schlecken und stöhnen und schlecken und schimpfen.
Yves hört ganz ruhig zu.
Nur ab und zu wischt er den Zwillingen die Streusel aus den Haaren. Ich frage ihn, ob er so gelassen ist, weil er vielleicht auch Yoga macht, aber Yves weiß nicht, was das sein soll. Deshalb nehmen wir ihn mit nach Hause und gucken zusammen, was die Yoganer in unserem Vorgarten für Übungen turnen.
Im Moment sind sie Bäume.
Ihre Beine haben in der Erde Wurzeln geschlagen und ihre Zweige – also die Arme – wachsen in den Himmel.
Nur Frau Fürchtegotts Zweige sind geknickt
und der Baum wackelt, als gäbe es bald Sturm.
Yves findet das sehr interessant.

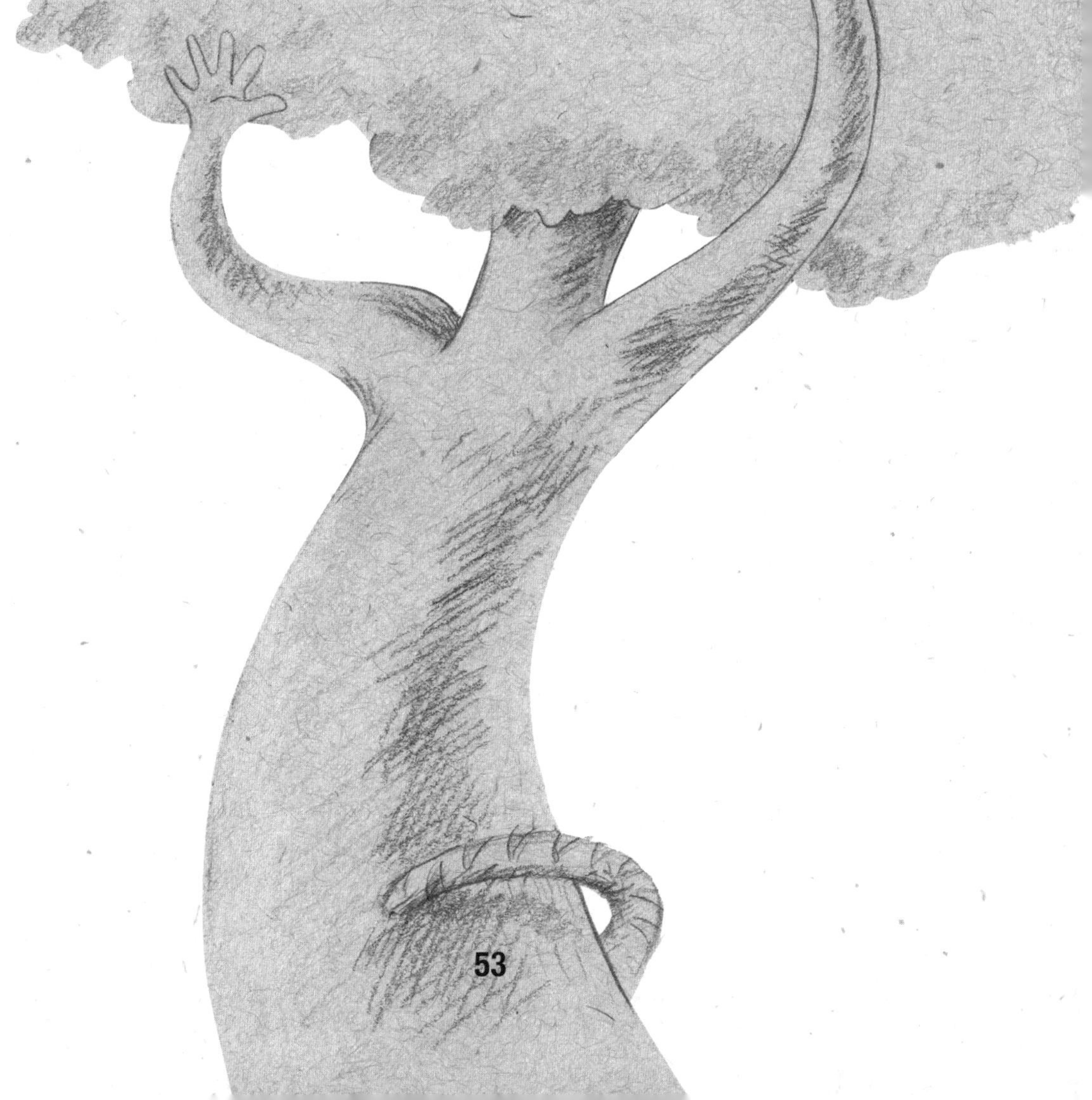

Papas Haushaltsplan findet er auch interessant. Aber nicht so geschmeidig.
Yves sagt geschmeidig, wenn er gut meint. Yves findet den Plan nicht gut.
Yves sagt, ihm würde der Plan Angst machen. Und damit hat Yves recht.
Mir macht der Plan nämlich auch Angst, denn er ist sogar noch größer als das Weltall-Poster über meinem Bett.
Papa setzt die Zwillinge mit einer Tüte Kekse und den Töpfchen unter den runden Tisch.
Dann setzt er sich zu Yves.
Papa stöhnt nicht.
Er reicht Yves einen Stift, damit Yves seinen Plan verbessern kann.
Aber Yves meint, verbessern nützt nichts.
Den Plan muss man ganz neu schreiben.
Papa stöhnt immer noch nicht.
Obwohl die Zwillinge unter dem Tisch bestimmt krümeln.
Oder ganz was anderes machen.
Papa reicht Yves ein weißes Blatt Papier.
Und Yves legt los.

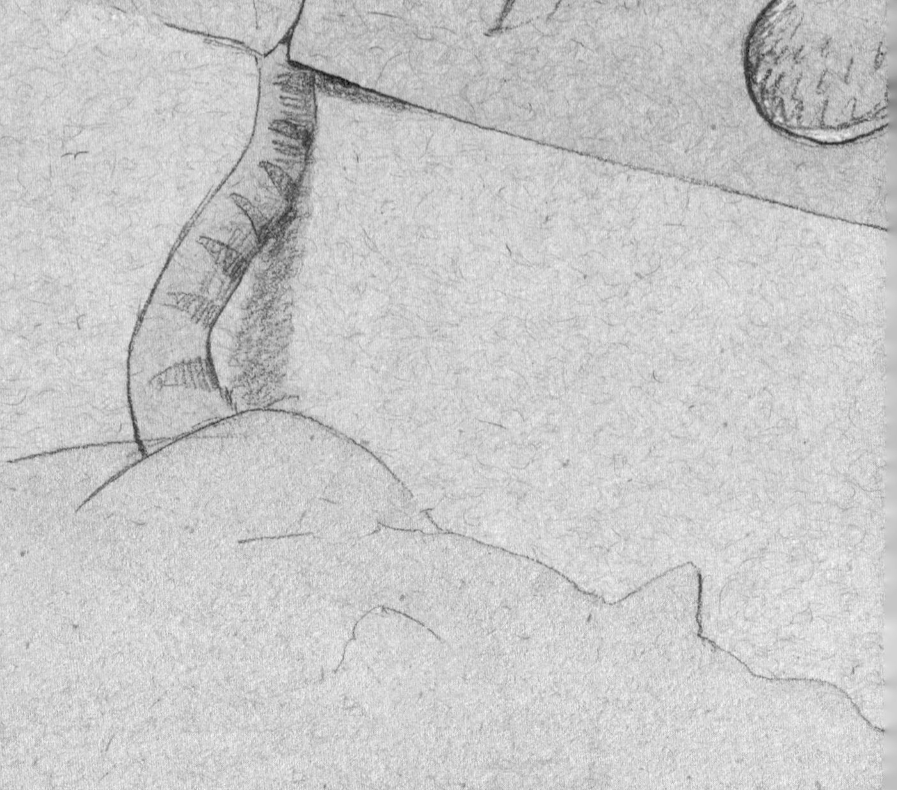

Einen Freund zu haben ist das Beste! Und damit meine ich Yves. Er ist nämlich einer.

Yves meint, deine Familie ist auch dein Freund.

Und wenn man das in den Kopf reinlässt, dann ist es gar nicht so schwer.

Tatsächlich hat Yves schon wieder recht!

Ich wusste echt nicht, dass er so klug ist.

Wow!

NEUN

Frau Grawunder behauptet, alle guten Geschichten haben ein Happy End. Happy End ist Englisch und bedeutet glückliches Ende, weiß auch Frau Fürchtegott.
Aber Oma meint, zu Ende ist unsere Geschichte noch lange nicht. Die geht doch jetzt erst richtig los!

Es fängt damit an, dass Papa den runden Tisch in den Vorgarten schleppt und den Grill gleich mit. Bevor Mama was sagen kann, verspricht Papa hoch und heilig, dass er später noch kochen lernen wird!
Aber heute brät er für Mama vegetarische Würstchen und sogar Quietschekäse, weil sie das gerne mag.
Mama lächelt und lackiert den Kratzer an Papas Auto. Ganz zärtlich. Während wir anderen den Tisch decken.
Dann kommt unser Auftritt: Marie-Helene und ich tragen abwechselnd das Thesen-Papier vor.
So nennt Papa den neuen Plan nach Yves' Anleitung. Den Vortrag haben wir mit unserem Freund geübt. Weil seine Mama ihn zu Hause braucht, kann Yves leider nicht zugucken. Aber er hätte uns bestimmt sechs Grinsekatzen gegeben.

Auch Marie-Helenes Papa ist beeindruckt. Er schüttelt mir die Hand und klopft Papa auf die Schulter. Dann nimmt er Marie-Helene in den Arm. Endlich.

Mama muss plötzlich aufs Klo.
Als sie wiederkommt, hat sie rote Augen und rote Lippen.
Sie sieht sehr schön aus.
Dann verkündet Mama, dass sie einverstanden ist mit unserem Thesen-Papier.

Das ist mein Zeichen!
Jetzt muss ich den Kassettenrekorder bedienen.
Ein Kassettenrekorder ist ein Musikabspielgerät von ganz früher, als Mama und Papa noch jung waren. Papa hat den alten Kasten beim Aufräumen im Keller gefunden. Und auch eine Musikkassette von Milli Vanilli.
Die lege ich in den Kassettenrekorder rein. Dann drücke ich mit aller Kraft auf Start.

Die Starttaste muss ich so feste drücken, sonst passiert nämlich gar nichts.
Oma behauptet, das ist normal und liegt an der Altersschwäche.
Aber Papa lacht: Bei uns ist nichts normal, und darauf ist Verlass.
Und heute hat Papa ausnahmsweise einmal recht!
Erst rauscht und knirscht es ganz schön, aber dann dröhnt plötzlich die Musik aus dem alten Kasten.
Und Papa geht ab wie Schmitz' Katze.
Wow! Wow! Wow!

Singen kann Papa zwar auch nicht besser als der Milli oder der Vanilli, aber das mit dem Tanzen kriegt er echt super hin.

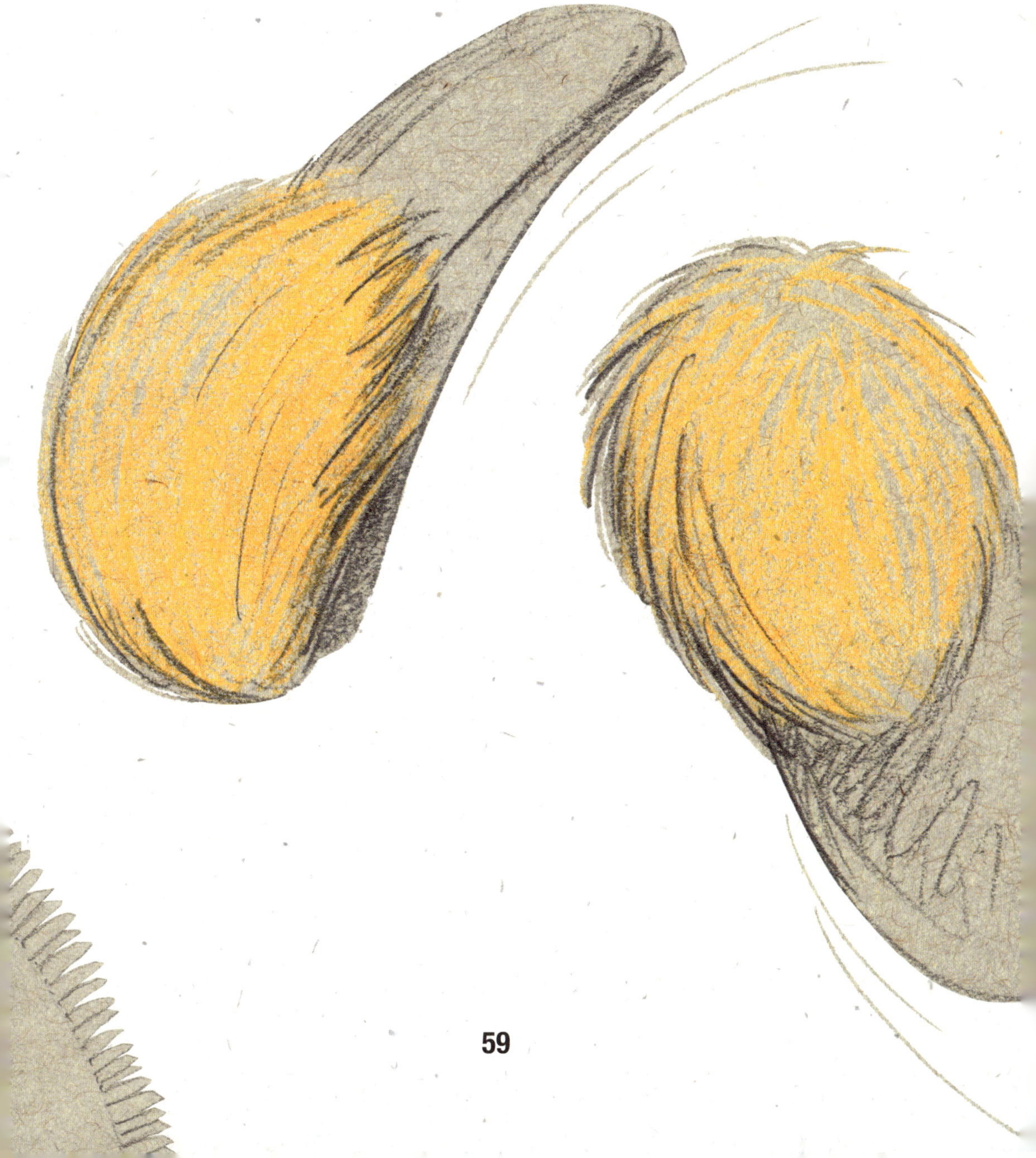

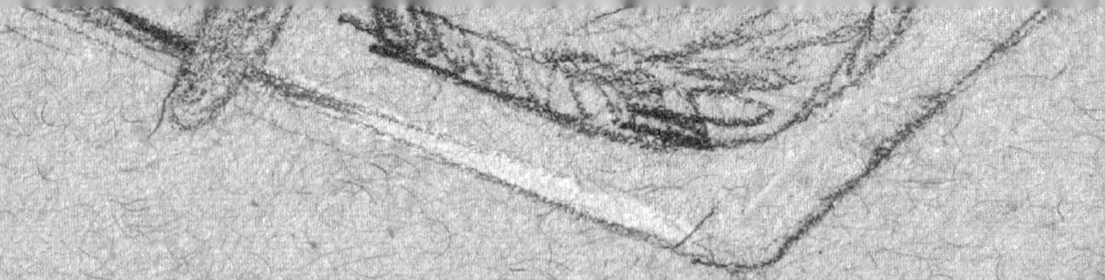

Besser als das Original! Meint Oma jedenfalls.
Frau Grawunder und Frau Fürchtegott kreischen wie irre und werfen Puschen und Pantoffeln in die Luft.

Papa bekommt wieder rote Flecken, aber dieses Mal von Mamas Lippenstift.
Ich warte, bis sie fertig sind. Es dauert fast zwei Würstchen, bis ich an der Reihe bin und mir meinen Knutscher abholen kann.

Danach unterschreiben wir das Thesen-Papier wie einen richtigen Vertrag.
Das macht man nämlich so, sonst ist er nicht gültig, sagt Oma jedenfalls.
Die Zwillinge geben ihre Fingerabdrücke.
Zum Schluss nagelt Marie-Helenes Papa das Thesen-Papier an unser Gartentor.
Damit es jeder lesen kann.

Frau Grawunder und Frau Fürchtegott sind Zeuginnen, dass bei den Streik-Verhandlungen alles mit rechten Dingen zugegangen ist.
Das schwören sie später sogar im Fernsehen.

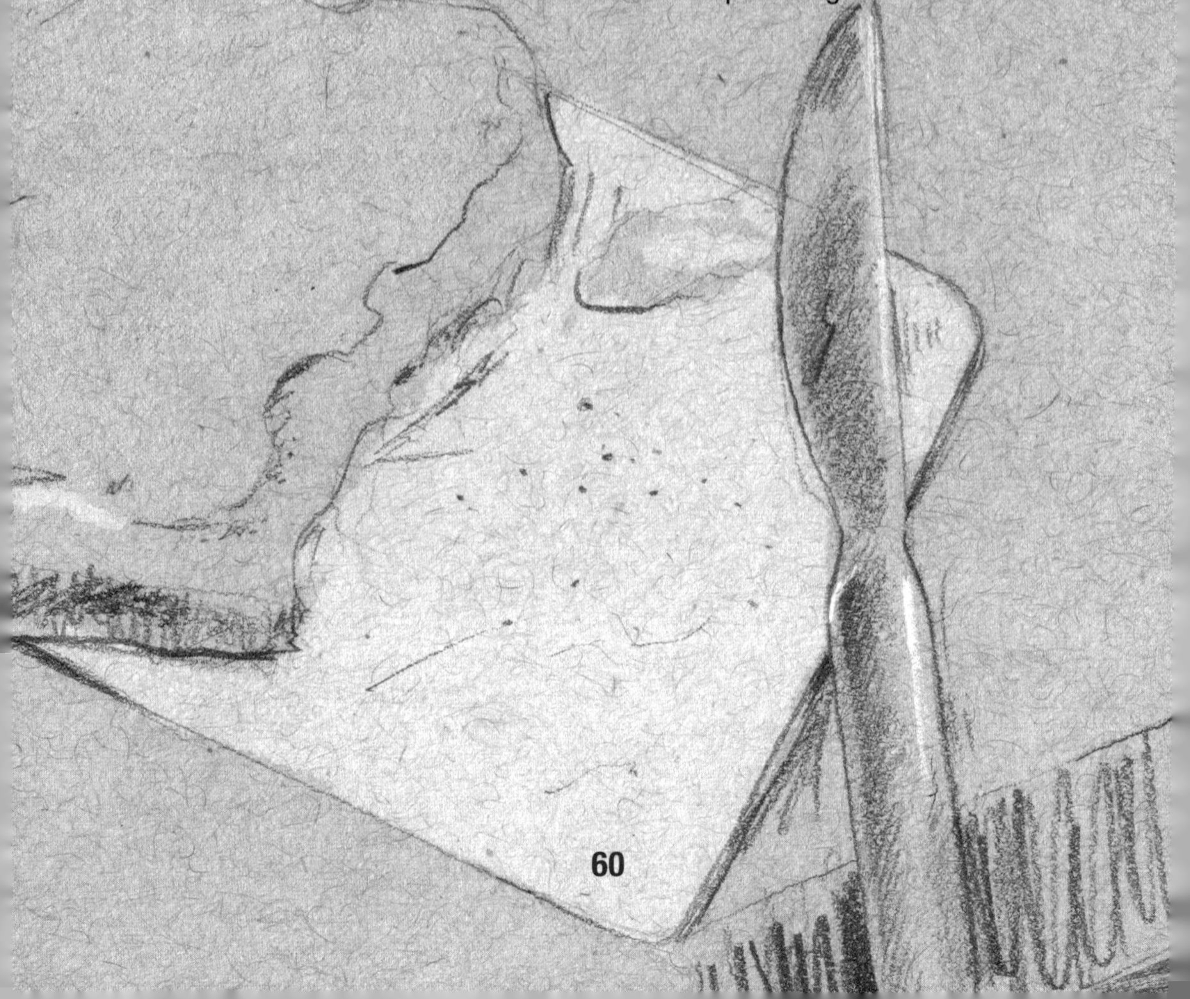

Und auch die von der Zeitung drucken einen Bericht.
Die Überschrift heißt:
Faul ist hier nur noch eine.
Auf dem Foto liegt Schmitz' Katze auf Papas Fernsehsessel in der Sonne.
Dahinter steht unsere Familie, und das sind jeden Morgen wir:

Mama, Papa, die Zwillinge und ich.
Das bin ich:
Moritz Schmitz.

ENDE

Und so geht's bei Schmitz jetzt ab:

THESEN-PAPIER

- Wir sind Freunde! *(Yves)*
- Was du nicht willst, was man dir tu, das füg auch keinem anderen zu! *(Oma)*
- Wir helfen uns gegenseitig! *(Papa)*
- Einer für alle, alle für einen! *(Moritz)*
- Wir gucken uns an, wenn wir miteinander reden. *(Papa)*
- Der Ton macht die Musik! *(Oma)*
- Wir füllen auf, was wir leer machen. Zum Beispiel die Klorolle. *(Papa)*
- Wir bringen raus, was wir voll machen. Zum Beispiel Müll und Windeln. *(Moritz)*
- Wir arbeiten zusammen und mit Musik! *(Marie-Helene)*

- Wir bleiben gelassen,
  auch wenn die Katze unter den
  Tisch kotzt! *(Moritz)*
- Am Wochenende wird nicht gearbeitet,
  außer Yoga turnen und kochen lernen. *(Moritz)*
- Wir essen mindestens einmal am Tag alle zusammen!
  Eis und Kekse zählen auch. *(Marie-Helene)*
- Pantoffeln sind im Haus strengstens untersagt. *(Mama)*
- Viele Hände, schnelles Ende! *(Oma)*

- Piep, piep, piep,
  wir Schmitz haben uns lieb. *(Die Zwillinge)*

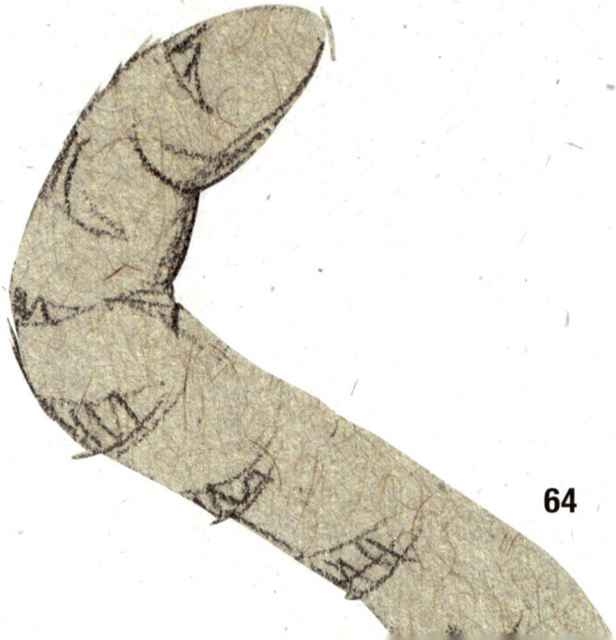

FRAUKE ANGEL

Foto: Michael Feindura

Die Autorin

wird 1974 im Ruhrgebiet geboren. Sie ist ausgebildete Schauspielerin und seit 2012 freie Autorin. Für ihre Erzählungen wurde sie bereits mehrfach ausgezeichnet. Sie lebt mit zwei Kindern, einem Mann und keiner Katze in Dresden. Sie liebt Hortensien und kann Hausarbeit nicht leiden. Den Erfindern der Waschmaschine und des Staubsaugers wird sie ewig dankbar sein.

www.fraukeangel.de

STEPHANIE BRITTNACHER

Foto: Daniela Schleich

Die Illustratorin

wird 1985 in Hessen geboren. Sie studiert Kommunikationsdesign in Mainz und arbeitet anschließend drei Jahre als Grafikerin in Dresden. 2013 zieht sie mit ihrer Tochter nach Chemnitz, wo sie seitdem als freie Illustratorin und Designerin zu Hause ist. Sie hat sieben Leben, wovon sechs schon lachend verbraucht sind. Dosensuppen öffnet sie mit der Stichsäge und macht den Abwasch mit Verband.

www.stephaniebrittnacher.de